Vente des Mardi 28 et Mercredi 29 Octobre 1890

HOTEL DROUOT, Salle n° 1

à 2 heures 1/4.

OBJETS D'ART

ET DE

BEL AMEUBLEMENT

Époques et Styles

XVIᵉ ET XVIIIᵉ SIÈCLES

BRONZES — MARBRE — TABLEAUX

BIJOUX — DIAMANTS ANCIENS

Magnifique Mobilier en vernis Martin

Ayant été fourni par Kriéger

MEUBLES DE LUXE ET DE FANTAISIE

RICHES TENTURES

Mᵉ E. THOUROUDE	M. A. BLOCHE
COMMISSAIRE-PRISEUR	EXPERT PRÈS LA COUR D'APPEL
32, rue Le Peletier, 32.	25, rue de Châteaudun, 25.

EXPOSITION PUBLIQUE

Le Lundi 27 Octobre 1890, de 2 heures à 6 heures.

HOMO
IMPRIMERIE DE L'ART

CATALOGUE
D'OBJETS D'ART
ET DE
BEL AMEUBLEMENT

ÉPOQUES ET STYLES

des XVIe et XVIIIe siècles

Bijoux — Diamants anciens — Miniatures

Pendule Louis XVI : *le Temple de l'Hyménée*

Bronzes d'après Caffieri, Falconnet, autres de Barbedienne et de Bagués

Marbre de Moreau

Tableaux — Aquarelles — Porcelaines

MAGNIFIQUE CHAMBRE A COUCHER EN VERNIS MARTIN

Avec peintures de FLOQUET, inspirées de l'École française
ayant été fournie par la Maison KRIÉGER
Grand Salon Louis XIV — Petit Salon et Boudoir Louis XVI
Piano d'ÉRARD — Billard — Salon Japonais
Meubles de luxe et de fantaisie

BELLES TENTURES — RIDEAUX

DONT LA VENTE AURA LIEU

HOTEL DROUOT, SALLE N° 1
Les Mardi 28 et Mercredi 29 Octobre 1890

à 2 heures 1/4

Me E. THOUROUDE	M. A. BLOCHE
COMMISSAIRE-PRISEUR	EXPERT PRÈS LA COUR D'APPEL
32, rue Le Peletier, 32	25, rue de Châteaudun, 25

Chez lesquels se distribue le présent Catalogue.

EXPOSITION PUBLIQUE
Le Lundi 27 Octobre 1890, de 2 heures à 6 heures.

CONDITIONS DE LA VENTE

La vente sera faite au comptant.

Les Acquéreurs paieront, en sus des adjudications, *cinq pour cent* applicables aux frais.

L'Exposition mettant le public à même de se rendre compte de l'état des objets, il ne sera admis aucune réclamation une fois l'adjudication prononcée.

Paris. — Imp. de l'Art. E. Ménard et Cie, 41, rue de la Victoire.

Désignation des Objets

BIJOUX

1 — Collier de cinq rangs de perles, comprenant
sept cent soixante-cinq perles avec fermoir,
perle au centre entourée d'un rang de brillants
et d'un rang de saphirs.

2 — Paire de grandes boucles d'oreilles formées de
grosses turquoises entourées de quatorze brillants.

3 — Jolie bague composée d'une grosse perle
blanche d'Orient et d'une turquoise avec deux
petits brillants.

4 — Beau bracelet en or enrichi d'une grosse turquoise entourée de dix brillants.

5 — Paire de belles boucles d'oreilles formées de brillants anciens montés sur chatons argent, avec pendants dessin grappes de raisins tout en anciens brillants.

6 — Bracelet chaîne gourmette en or mat, avec applique composée d'un grand rubis entouré de dix brillants.

7 — Broche barrette composée de cinq rubis et quatre brillants.

8 — Paire de grandes boucles d'oreilles, rosaces en brillants avec entourages en roses et pendeloques en brillants ; montures en argent.

9 — Bague large enrichie de trois perles, corps en roses.

10 — Bague composée d'un rubis entouré de dix brillants.

11 — Bague enrichie d'un saphir, deux brillants et douze roses.

12 — Paire de boutons d'oreilles, brillants solitaires.

13 — Épingle de cravate, topaze montée à griffes et enrichie de quatre brillants.

14 — Bague en or mat enrichie d'un œil-de-chat et deux brillants.

15 — Bracelet en or mat enrichi de neuf brillants et huit brillants.

16 — Broche forme bouquet de fleurs, en brillants et roses.

17 — Crochet de montre en or, enrichi de rubis, de brillants et de perles, avec un émail ancien : Portrait de femme Louis XVI.

18 — Broche forme feuille en brillants.

19 — Paire de boucles d'oreilles, camées entourés de roses.

20 — Chaine de gilet, corde en or mat enrichie de perles.

21 — Petite broche en or, fond d'émail bleu avec résille en roses.

22 — Bague double trèfle en perles, corps enrichi de roses.

23 — Étoile enrichie d'un rubis au centre et de rayons en roses.

24 — Bague ancienne enrichie de roses.

25 — Médaillon pendentif, camée représentant une nymphe ; monture en brillants et roses.

26 — Épingle papillon en saphir, brillant et roses.

27 — Médaillon pendentif, style Renaissance, en or et émail, genre Limoges, sur or.

28 — Broche : tête de Bacchante émaillée sur or, enrichie de roses.

29 — Épingle camée opale : Chien debout en ronde bosse ; monture en or.

30 — Chaine de cou en or avec croix en grenats.

31 — Petit couvert de trois pièces en or.

32 — Bonbonnière en mosaïque de turquoises de Perse ; dessin peau de serpent ; monture en argent.

33 — Manche d'ombrelle en turquoises de Perse, même dessin.

34 — Petite aiguière avec plateau en argent doré et peinture sur émail : Sujets mythologiques.

35 — Mandoline formant montre, en argent doré et
émail, décor allégorique à la musique, amours
et arabesques.

36 — Deux salières en argent.

37 — Nécessaire de voyage et garniture de toilette,
avec brosserie et boîtes en ivoire ; montures en
argent.

MINIATURES

38 — Grande et belle miniature sur ivoire : Portrait
de Mlle Adélaïde, fille de Louis XV, représentée
assise et chantant avec un livre de musique
ouvert sur ses genoux, en robe bleue décolletée
et garnie de dentelles. Cadre en bronze.

39 — Miniature ovale sur ivoire : Portrait de la
Dugazon représentée en buste, fond de paysage.
Cadre en cuivre.

40 — Miniature ronde sur ivoire : la Déclaration ;
composition de deux personnages.

41 à 46 — Six miniatures : Portraits et sujets inspirés
de l'école ancienne. (Sera divisé.)

TABLEAUX

BOUCHER
(Attribué à)

47 — *Entretien galant; scène mythologique.*

DORLAY

48 — *Le Sommeil d'Endymion.*
Signé et daté 1872.

CORRENS
(J.)

49 — *Portrait de dame.*
Décolletée, avec manteau rouge et fleurs dans les cheveux.
Signé à gauche et daté 1877.

CORRENS
(J.)

50 — *Portrait de dame de qualité.*
Décolletée, couverte d'un manteau bleu avec rose au corsage.
Signé à gauche et daté 1865.

BOUDIN

51 — *Marine.*
>> Aquarelle.

ÉCOLE MODERNE

52 — *Paysages.*
>> Deux pendants.

GENTILI

53 — *L'Hommage à la sainte Vierge.*
>> Aquarelle.

ZAMPINI

54 — *La Petite Fille aux moutons.*
>> Aquarelle.

F. M.
(Signé)

55 — *Paysage.*
>> Aquarelle.

MOUTIER

56 — *Les Bords de la Touques.*

ÉCOLE MODERNE

57 — *Devant l'âtre.*

RICAU

58 — *Tête d'homme.*

GREUZE

(D'après)

59 — *La Cruche cassée.*

MORAND

(EUGÈNE)

60 — *Nature morte et fleurs.*
Aquarelle.

ÉCOLE MODERNE

61 — *Paysages.*
Deux fixés.

ÉCOLE MODERNE

62 — *Portrait de femme.*

ÉCOLE MODERNE

63 — *Vierge en prière.*

ÉCOLE MODERNE

64 — *Sur la lisière du bois.*

ÉCOLE MODERNE

65 — *Gravures et photographies.*

LESUEUR

(Attribué à)

66 — *Moïse sauvé des eaux.*

WARRELL

(A. B.)

67 — *Vache couchée.*

Signé à droite et daté 1821.

FRANÇAIS

68 — *Causerie sous bois.*

Signé à droite.

ÉCOLE ITALIENNE

69 — *Scène de combat dans une ville.*

> Peinture sur panneau, intéressante par les costumes des personnages.
>
> Provient sans doute d'un devant de coffre ou cassone du xv° siècle.

70 — Tableaux divers.

MOBILIER — OBJETS D'ART

71 — Bel ameublement de grand salon en bois sculpté et doré de style Louis XIV, recouvert en lampas de soie à dessin de fleurs multicolores sur fond rouge Van Dyck; il se compose d'un grand canapé, quatre fauteuils, quatre grandes chaises et quatre chaises légères.

72 — Quatre belles décorations de fenêtres avec draperies montées sur galeries en bois doré de style Louis XIV, composées de grands rideaux en peluche vert mousse relevés à l'italienne et de doubles rideaux en brocart de soie fond rouge Van Dyck, tissé or. — Hauteur des rideaux, 3 m. 60 cent.

73 — Pendule forme vase en bronze ciselé et doré, avec mouvement encastré dans la panse entouré

de guirlandes de lauriers et de nœuds de rubans.
Anses à têtes de satyres, couronnement formé
par un fruit. Style Louis XVI.

74 — Beau cartel en bronze ciselé et doré, style
Louis XVI, modèle à cage enguirlandée de fleurs
et de fruits, surmontée d'un trophée de carquois
et de flammes avec couronne de lauriers.

75 — Belle écritoire en marbre blanc et bronze doré,
avec sonnette et deux lumières portées par un
enfant assis sur un fût de colonne. Style Marie-
Antoinette.

76 — Solitaire forme Louis XVI, décor à médaillons
sujets champêtres en camaïeu bleu et rehauts
d'or.

77-78 — Deux groupes en bronze de deux figures :
Enlèvements. Sur socles en bronze doré.

79 — Grand et beau groupe en bronze : *l'Amour
désarmé*, inspiré de Boucher.

80 — Paire de grandes et belles appliques à trois
lumières, modèle à branches de palmiers, d'après
Caffiéri, en bronze doré.

81 — Paire de bras d'appliques style Louis XVI, à
trois lumières, en bronze doré.

82 — Deux éléphants de Saxe, sur terrassements en bronze doré, à rocailles et rosaces. Style Louis XV.

83 — Paire de très belles et grandes torchères formées par des statues de nymphes en bronze, patine verte, de Carrier-Belleuse, portant des bouquets à dix lumières, en bronze doré. Élevées sur colonnes en bois noir ornées de bronzes. Style Louis XVI.

84 — Joli ameublement de petit salon en bois sculpté et doré, style Louis XVI, recouvert en lampas de soie, dessin à rayures fleuries sur fond vert d'eau. Il se compose d'un petit canapé, deux fauteuils et quatre chaises.

85 — Deux chaises forme ottomane, recouvertes en satin brodé au passé.

86 — Deux fauteuils et une chaise en bois sculpté rehaussé d'or, de style Louis XIV, recouverts en tapisserie d'Aubusson.

87 — Deux chaises légères en bois sculpté et doré de style Louis XVI, avec panneau, porcelaine décorée dans le dossier, recouvertes en lampas à rayures fleuries.

88-89 — Deux groupes en bronze sur socle en marbre

rouge, représentant *le Joueur de flûte* et *Hamadryade et enfants*.

90 — Deux lampes en porcelaine de Satzuma, riche monture en bronze.

90 *bis* — Lustre de salon à vingt-quatre lumières formées de rinceaux feuillagés, en bronze, orné de figures d'amours sonnant de la trompe, de têtes de lions, de draperies et de glands. Style Louis XVI. Travail de Baguès.

91 — Petit groupe en bronze : *Vénus et l'Amour*.

92 — Jolie pendule en bronze ciselé et doré au mat et or rouge bruni, forme monument, avec consoles à grandes volutes, socle orné d'un bas-relief à petits faunes et mouvement couronné par une nymphe inspirée de Falconnet, bronze à patine claire. Style Louis XVI.

93 — Deux girandoles à cinq lumières en bronze doré portées par des groupes de cariatides. Style Louis XVI.

94 — Deux grandes buires en flambé de Chine, montées en bronze doré à rocailles.

95 — Paire de petits vases en marbre blanc, montés en bronze. Style Louis XVI.

96 — Paire de petits candélabres à deux branches, forme rocailles, en bronze doré.

97 — Paire de jolis bras d'appliques à trois lumières, modèle à têtes de béliers et guirlandes de chêne. Style Louis XVI.

98 — Deux cassolettes en marbre blanc, monture forme trépieds, en bronze doré. Style Louis XVI.

99 — Deux figurines en bronze : *Enfants dansant*, sur fûts de colonnes en marbre rouge.

100 — Figurine en bronze doré au mat : *Diane accroupie*.

101 — Magnifique ameublement de chambre à coucher en bois finement sculpté et doré, avec peintures vernis Martin à sujets mythologiques et champêtres, inspirées de l'école française du XVIIIe siècle, œuvres de *Floquet*, encadrées d'attributs, de rocailles et de fleurs se détachant en relief. Travail remarquable de style Louis XV, de la maison Kriéger; figura à l'Exposition de 1886. Il se compose : 1° d'un grand lit de milieu, forme à contours des plus élégants; le panneau de fond à fronton représente *Vénus dans les nuages recevant la visite des amours qui lui apportent des fleurs*. Le panneau de devant représente *les Rendez-vous galants dans l'île de Cythère*.

2° Deux tables de nuit, forme bombée à saillies enveloppées de rocailles et de palmiers, avec médaillons fond d'or à bouquets de fleurs ; dessus en marbre fleuri.

3° Une grande armoire à trois portes, celle du milieu à glace avec biseau suivant les contours de l'encadrement ; celles des côtés, cintrées et bombées, offrant en peinture : *les Plaisirs de la balançoire, la Leçon de menuet* et des *paysages* sur fond d'or. Le fronton du corps principal et ceux des côtés sont à grandes rocailles fleuronnées. L'intérieur à tablettes et à tiroirs, tout en bois de luxe et à panneaux dorés, ton mat.

4° Une table de milieu, forme à contours et rocailles, fond d'or, et aventurinée avec médaillons à trophées de musique champêtres.

Vu son importance, cet ameublement pourra être divisé.

102 — Belle tenture de lit de milieu à draperies en satin rose rayé et broché polychrome, avec rideaux en armure de soie, garnis de franges et accompagnés d'embrasses, doublés en soie rose assortie.

103 — Deux décorations de croisées, une décoration de cheminée en même étoffe.

104 — Couvre-lit en satin ton crème, avec chiffre J. S. brodé en soie.

105 — Belle chaise longue et deux fauteuils couverts
en satin rose, rayé et broché à fleurs polychromes,
ornée de draperies de satin bleu pâle broché,
garni de franges et de passementeries de soie.
Travail de la maison *Kriéger*. Les meubles ont
leurs housses.

106 — Chaise chauffeuse et tabouret, couverts en
satin rose capitonné, avec bande de tapisserie.

107 — Écran en bronze à rocailles, fond métallique
au mat. Style Louis XV.

108 — Deux chenets en bronze, style Louis XV, représentant Mercure et Vénus enfant sur des rocailles.

109 — Porte-pelle, pincettes et accessoires en cuivre
poli.

110 — Statuette en marbre blanc : *Mignon*, d'Au-
guste Moreau (signée). Socle en peluche vieux
rose.

111 — Paire de belles girandoles à quatre lumières,
en bronze doré ; modèle à figures et rocailles,
avec branches de palmiers. Style Louis XV.
Socles en peluche vieux rose.

112 — Tentures pour un lit et deux fenêtres en satin
de soie Ophélia, avec bordure en lampas de soie

brochée, composées d'un ciel de lit entouré de draperies, avec fond de lit drapé en satin rose pâle, et de grands rideaux ; deux galeries forme vélum, garnies de draperies semblables à celles du lit ; embrasses de soie et garnitures assorties.

113 — Lit en bois sculpté et doré, de style Louis XVI, garni de lampas broché, à rayures fleuries sur fond Ophélia.

114 — Deux beaux candélabres formés de chimères en porcelaine de Chine, décor bleu et blanc ; montures en bronze à rocailles, avec bouquets à trois lumières forme branches de palmiers.

115 — Oiseau de Saxe, perché sur un tronc d'arbre, terrassement en bronze à rocailles.

116 — Deux petites levrettes montées sur coussins et terrassements en bronze. Style Louis XV.

117 — Paire de grands vases de Chine, décor aubergine dit *flambé*. Monture bronze. Style Louis XVI.

118 — Grand cygne en pâte tendre de Tournai, formant jardinière.

119 — Paire de beaux vases en labrador, avec riches montures en bronze. Style rocaille.

120 — Deux porte-bouquets formés par des carpes en gros bleu de Chine, monture en bronze doré à rocailles et plantes aquatiques.

121 — Groupe en bronze : *Enlèvement de Déjanire*.

122 — Deux bouteilles de céladon montées en bronze doré à rocailles.

123 — Lustre-jardinière à six lumières, forme orientale, en bronze repercé, bruni et frotté. Travail de Baguès.

124 — Élégant ameublement de boudoir, en bois laqué mauve, tendu de soie mauve et paille, style Louis XVI, se composant d'un canapé, deux fauteuils et deux chaises.

125 — Deux causeuses et un pouf pareils.

126 — Quatre décorations de croisées en étoffe de soie mauve et paille.

127 — Quatre paires de stores en tulle brodé.

128 — Piano à queue, d'Érard.

129 — Joli billard en bois noir, avec tous ses accessoires.

130 — Très jolie pendule du temps de Louis XVI,

dite *Temple de l'hyménée*. Forme monument, en marbre bleu turquin et bronze doré, à colonnettes et balustrades ; au milieu s'élève un autel sur lequel deux colombes se becquètent ; le fronton enguirlandé, flanqué aux angles de pommes de pin. Couronnée par un mouvement à jour avec deux cadrans tournants et une comète en stras servant d'aiguille indicatrice des heures et minutes. Dans le bas, sur le devant, un cartouche renfermant sur émail la signature CHAILLY A LILLE.

Cette pendule est placée dans une cage à quatre faces en glaces biseautées, montée en bronze doré, exécutée dans le goût Louis XVI.

131 — Statuette d'*Ève* en bronze de BARBEDIENNE, sur socle en velours rouge.

132 — Statuette en bronze : le *Petit Pêcheur*, de Ruth ; socle en velours. Pendant du précédent.

133 — Cabinet italien et son support, avec incrustations et ornements de cuivre.

134 — Fauteuil en bois de fer sculpté.

135 — Deux décorations de croisées en satin mauve, avec embrasses et garnitures assorties.

136 — Toilette Lamballe avec tenture en mousseline brodée.

137 — Petite commode dite de poupée, en noyer, à
trois tiroirs.

138 — Grand buffet-étagère en chêne sculpté avec
cariatides en relief.

139 — Douze chaises en bois sculpté, sièges et dos-
siers garnis en drap brodé vieux bleu.

140 — Suspension en cuivre poli à quinze lumières.
Style Louis XIII.

141 — Porte-parapluie style Henri II en noyer ciré,
avec ornements nickelés.

142 — Pendule style de Boule en marqueterie d'écaille
et de cuivre.

143 — Ostensoir en cuivre.

144 — Deux burettes et un plateau en vermeil.

145 — Deux poignards japonais, manches en os
sculpté.

146 — Boite à gants en ivoire sculpté de Chine.

147 — Trois plats du Japon, décor polychrome.

148 — Caparaçon de cheval en velours bleu riche-

ment brodé de vermeil, dessin arabesques. Travail oriental.

149 — Garniture de cheminée, composée d'une pendule et deux candélabres en émail cloisonné de Chine, fond noir; monture en bronze.

150 — Lampe en bronze incrusté, pied à colonne en bronze.

151 — Jardinière en émail cloisonné de Chine, fond noir; monture en bronze.

152 — Paire de lampes en émail cloisonné du Japon.

153 — Guéridon en bronze doré avec trois plateaux en émail cloisonné du Japon.

154 — Coupe en porcelaine de Chine, fond vert et or; monture en bronze.

155 — Lampe en porcelaine du Japon, sur pied en bronze.

156 — Jardinière en porcelaine de Chine; monture en bronze.

157 — Garniture de cheminée, composée d'une pendule et deux candélabres en bronze incrusté.

158 — Paire de bouteilles en faïence, fond bleu turquoise, à rehauts d'or.

159 — Paire de vases en faïence de Kioto.

160 — Guéridon du Tonkin en bois de fer incrusté
de nacre.

161 — Brûle-parfums en faïence de Kioto.

162 — Paire de vases en faïence, à reliefs.

163 — Meuble du Japon avec panneaux en laque
d'or incrusté.

164 — Deux tabourets rectangulaires en bois de fer
incrusté.

165 — Paire de bouteilles en porcelaine d'Imari à
reliefs.

166 — Écran en bois incrusté du Japon.

167 — Paire de potiches en faïence de Satzuma, sur
socles en faïence.

168 — Deux plats en porcelaine de Kioto.

169 — Paire de grands vases en porcelaine de
Kioto.

170 — Paire de tabourets en bois de fer incrusté de nacre, forme potiches.

171 — Paire de vases en bronze fin du Japon.

172 — Paire de vases en bronze, forme troncs d'arbres avec oiseaux en relief.

173 — Brûle-parfums en bronze à hauts-reliefs.

174 — Grand brûle-parfums en bronze à hauts-reliefs.

175 — Deux plats en émail cloisonné du Japon.

176 — Paire de vases à anses en porcelaine de Kaga.

177 — Paire de vases en porcelaine de Chine.

178 — Sabre en os sculpté.

179 — Six cendriers en métal.

180 — Huit plats en bronze incrusté.

181 — Paire de vases en bronze incrusté d'or et d'argent.

182 — Groupe de deux guerriers en bronze du Japon.

183 — Statuette de personnage en bronze du Japon.

184 — Paire de tabourets en bois de fer ronds et
bas.

185 — Deux jardinières en émail cloisonné du Japon.

186 — Deux jardinières en émail cloisonné du Japon.

187 — Meuble en bois de fer du Japon, avec panneaux brodés.

188 — Table ovale du Tonkin, en bois de fer incrusté.

189 — Brûle-parfums en bronze fin à hauts-reliefs.

190 — Grand brûle-parfums en bronze, joli travail
en haut-relief.

191 — Paire de vases en bronze fin à hauts-reliefs.

192-193 — Deux guitares japonaises.

194 — Deux grands plats en porcelaine du Japon.

195 — Deux jardinières en porcelaine du Japon.

196 — Paire de vases forme losanges, en bronze du
Japon, à hauts-reliefs.

197 — Paravent en bois noir à quatre feuilles riche-
ment brodées de soie.

198 à 200 — Trois petits brûle-parfums en bronze.

201 — Deux panneaux en soie noire et or.

202 — Panneau en soie bleue et or.

203 à 208 — Robes du Japon brodées et tissées

209 — Deux gaines en marbre blanc.

210 — Deux colonnes en marbre rouge.

211 — Objets omis au catalogue.

RED. :

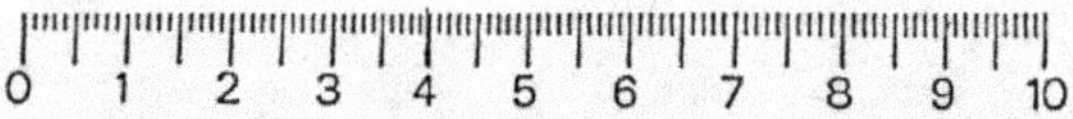

19